Analyse de l'œuvre

Par Blanche Simiz

Leurs enfants après eux

Nicolas Mathieu

lePetitLittéraire.fr

Analyse de l'œuvre

Par Blanche Simiz

Leurs enfants après eux

Nicolas Mathieu

lePetitLittéraire.fr

Rendez-vous sur lepetitlitteraire.fr et découvrez :

Plus de 1200 analyses
Claires et synthétiques
Téléchargeables en 30 secondes
À imprimer chez soi

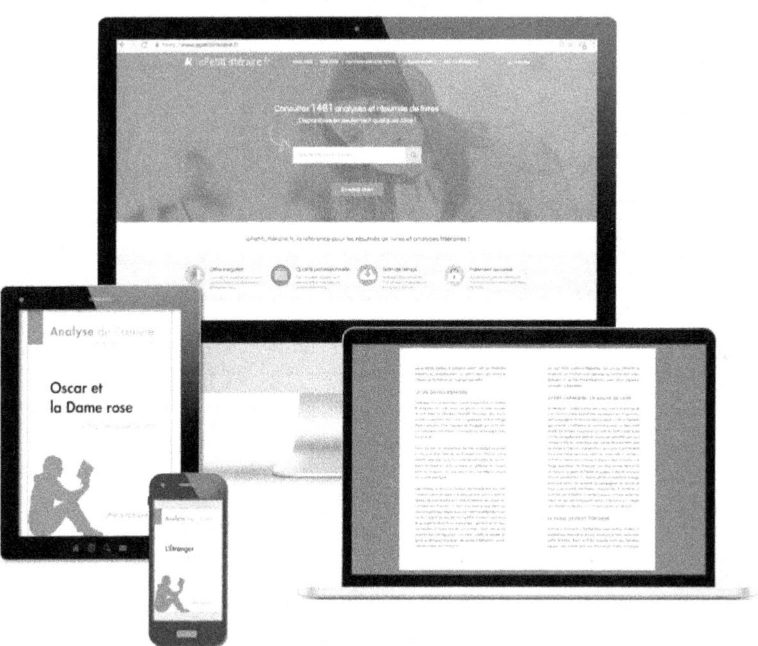

LEURS ENFANTS APRÈS EUX

ROMAN SOCIAL DU XXIᵉ SIÈCLE

- **Genre :** roman
- **Édition de référence :** *Leurs enfants après eux*, Paris, Babel, n° 1705, 2020.
- **1ʳᵉ édition :** 2018
- **Thématiques :** adolescence, ennui, désindustrialisation, alcoolisme, violence, désœuvrement, Lorraine, bassin industriel, usure, sexe.

Leurs enfants après eux est le deuxième roman de Nicolas Mathieu, qui revient en Lorraine pour brosser le portrait de jeunes et de moins jeunes habitant la ville d'Heillange. Cette mosaïque reconstitue petit à petit le milieu de ces classes moyennes basses.

Quatre étés dans la ville : 1992, 1994, 1996, 1998. Quatre étés qui racontent la vie d'adolescents qui grandissent, mais aussi qui révèlent leur famille, leurs rapports au monde, leur environnement dans cette vallée ouvrière marquée par la désindustrialisation et la nostalgie du temps des « hommes de fer » aux emplois stables. Un roman où l'on suit la résignation des uns et l'envie de partir des autres. Le drame se déroule entre les lignes.

La description réaliste des personnages passe par un discours indirect libre presque constant qui ne lâche pas le lecteur. Le style parfois brut emprunte à ses personnages et à leurs raisonnements, et l'on ne sortira de cette intensité implacable qu'en refermant le livre. Un roman qui s'inscrit dans la lignée des romans sociaux de Zola, ou de Flaubert, dont l'auteur se réclame. L'ouvrage a obtenu le prix Goncourt 2018 et reçu un accueil enthousiaste dans la presse.

NICOLAS MATHIEU

UN AUTEUR QUI REVIENT À SES ORIGINES

- **Né en 1978 à Épinal**
- **Aussi l'auteur de :**
  - *Aux animaux la guerre* (2016), roman
  - *Rose Royal* (2021), roman
  - *La Grande École* (2020), album jeunesse

Nicolas Mathieu est né à Épinal, dans les Vosges, en 1978. Son père est électromécanicien, sa mère est comptable. D'un milieu modeste, il prend conscience de la différence sociale lors de son parcours scolaire en école privée. Il poursuit un cursus universitaire en histoire de l'art et théorie du cinéma. Son mémoire se penche sur la figure de Terrence Malick, « portrait d'un cinéaste en philosophe » en 2001. Depuis ses études à Paris, Nicolas Mathieu est retourné s'installer en Lorraine.

Il sait qu'il veut être écrivain depuis ses 14 ans, et une fois adulte, il servira de « plume à tout faire ». Il est d'abord journaliste, puis rédacteur, avant de publier son vrai premier roman, *Aux animaux la guerre*, chez Actes Sud noir en 2016. Centré sur la fermeture d'une usine dans les Vosges, il raconte déjà la misère de la classe ouvrière. Ce polar reçoit un excellent accueil et remporte plusieurs prix, avant d'être porté à l'écran. Son deuxième ouvrage, *Leurs enfants après eux*, parait en 2018 et remporte notamment le prix Goncourt. Il renoue avec le milieu ouvrier, les « vies minuscules » qui l'émaillent et l'histoire d'un monde industriel qui finit.

RÉSUMÉ

LE DÉSŒUVREMENT DES ADOLESCENTS

Les jours s'égrènent lentement, le temps est chaud. Les adolescents s'ennuient. Anthony Casati et son cousin volent un canoë pour aller à la plage des « culs-nus » et y rencontrent Clem et Steph, qui les invitent à une soirée. C'est le coup de foudre pour Anthony, même s'il ne l'exprime pas en ces termes. Pour aller à la soirée, il emprunte la moto de son père, sans sa permission. En se réveillant de sa torpeur, il ne la retrouve pas. Elle a été volée par Hacine, un garçon à la mauvaise réputation. Il essaie de la retrouver avec sa mère, Hélène, en s'adressant directement au père de Hacine. Si Malek ne les croit d'abord pas, il inflige ensuite une sévère correction à son fils, qui se venge en retour en brulant la moto devant la maison des Casati. Six ans plus tard, c'est Anthony qui chapardera la moto de Hacine le temps d'une journée, avant de la lui rapporter sur le parking de son travail.

Le vide se comble avec sexe, alcool, pet', drogues parfois plus fortes, et larcins en tout genre. Les adolescents trainent ensemble sans savoir quoi faire sinon fumer de la beuh. En arrière-plan, on apprend aussi les difficultés d'approvisionnement selon les descentes de police ; le cousin d'Anthony sait où se fournir et en profite pour revendre à prix d'or ce qu'il y a de disponible. Hacine, lui, monte un réseau entier, de la production au Maroc à la distribution dans la ZUP (zone à urbaniser en priorité), en passant par les pots-de-vin et l'acheminement du cannabis. La qualité varie, mais la fumette est une constante, à deux ou en groupe, souvent accompagnée d'alcool.

Les coucheries s'enchainent pour certains. Clémence entame une relation avec le cousin d'Anthony, mais regrette que cela se sache. Stéphanie a un faible pour Simon, un beau gosse qui se sert d'elle une ou deux fois avant de l'ignorer complètement. À 16 ans, Anthony sort avec Vanessa ; elle vient de temps à autre chez lui, elle l'initie au lit… Il vient la retrouver dans sa tente alors qu'elle est monitrice la nuit, elle le dresse selon ses envies à elle, il est secrètement reconnaissant d'en apprendre plus avant de coucher avec d'autres filles – et un jour, il l'espère, avec Stéphanie. Le sexe est une donnée que les jeunes gens peuvent contrôler, contrairement à leurs perspectives d'avenir, très réduites pour certains. Mais la jouissance n'est pas toujours au rendez-vous : un été, Stéphanie se servira d'Anthony pour arriver à l'orgasme avant de le laisser, frustré et incrédule. Les garçons dans la vie de Stéphanie et de Clémence ne sont pas tous aussi doués. Même quand, à 18 ans, Anthony pourra enfin s'adonner à ses envies avec Stéphanie dans une petite voiture, ils seront interrompus par l'irruption de gens bizarres à proximité. La frustration est présente sur ce plan aussi.

LE MANQUE DE SENS ET LES RÊVES D'AILLEURS

Sans savoir exactement quelle direction donner à leurs vies, les jeunes veulent tous partir de la vallée. Clémence se prépare depuis toute petite à des études supérieures.

Stéphanie refuse de s'inscrire dans la lignée familiale : une vie moyenne, quelques ambitions politiques, mais peu élevées, une maison, une piscine, c'est à peu près tout. Elle n'est pas impressionnée par l'ascension politique de son père qui fait de beaux discours, mais dont la réputation n'est pas immaculée. Hacine vit un temps comme un nabab au Maroc grâce à son trafic, avant de revenir au bercail après de mauvais placements. Son argent parti en fumée, il revient à Heillange et finit par se caser : boulot, appartement, compagne... Il n'échappe pas au conformisme et achète à crédit, comme Anthony, même si leurs finances ne sont pas bonnes. Vanessa étudie d'arrachepied pour échapper à l'existence moyenne de sa famille. Anthony, à 18 ans, rêve de correspondre à l'image de l'homme des films de Clint Eastwood et de découvrir d'autres horizons. Pour lui, l'armée répond à ces appels. Sa mère ne se fait pas autant d'illusions, parce qu'elle a vu d'autres jeunes hommes pleins d'espoirs revenir déçus et abattus.

LA NOSTALGIE DU MONDE INDUSTRIEL ET LA VIOLENCE DE L'APRÈS

Cette nostalgie repose sur une mythologie de l'industrie qui, en s'effondrant, a laissé nombre d'hommes livrés à eux-mêmes et, de fil en aiguille, à l'alcool, pour passer le temps. Après son divorce, Patrick Casati essaie de diminuer sa consommation d'alcool, mais son fils doit plusieurs fois ramasser les cadavres de bouteilles pendant que son père dort ivre mort sur le canapé. Les efforts sont difficiles et la pente est glissante : un apéritif un soir le conduit au lendemain la tête lourde et les souvenirs embrumés. L'amertume revient en pensant à tous les sacrifices faits pour aboutir à une existence finalement bien décevante.

Pour les jeunes, cet héritage est lourd à porter, et ne correspond pas à leur monde, où les fourneaux ne font plus fondre du métal, mais servent à vernir, où le tourisme est censé sauver la vallée avec force investissements à la clé.

Les adultes, eux, sont cassés par le travail. Malek Bouali s'en est usé à devenir invalide, mais il touche une retraite misérable. Hélène n'a pas encore 50 ans, mais sa peau s'est flétrie, ses cernes se sont creusés ; le divorce, les difficultés financières accumulées, la restructuration de l'entreprise... Sans avoir été licenciée, elle voit dans son entreprise s'installer un nouveau monde, plein d'anglicismes et de procédures compliquées pour faire pourtant le même travail.

TROUVER LES MOTS

Le roman souligne aussi les non-dits. Anthony tombe sous le charme de Steph, et ne saura mettre les mots sur ce premier amour avant la fin du livre, même si sa présence l'obnubile même à distance. Chaque fois qu'il l'apercevra, il voudra s'en rapprocher. Patrick n'arrivera pas à dire à son fils qu'il l'aime, de la même manière qu'il n'a jamais réussi à formuler de vraies excuses pour son mauvais comportement auprès d'Hélène. Il se repose sur des cadeaux : à son fils, un beau couteau ; à son ex-femme, des vacances, qu'elle lui reprochait de ne jamais offrir.

Les ellipses concourent à cet effet : pour Nicolas Mathieu, la littérature « ne sert pas seulement à fixer du réel, mais à détourer des vides » (*Répliques*, *France Culture*, 22 décembre 2018). On ne connaitra pas tout. Mais avec les commentaires des uns, une remarque au vol ici ou là, les portraits se préciseront et s'affineront. Ainsi Irène, la mère du cousin, qui estime que Stéphanie devrait faire attention à ce qu'elle mange. Ce n'est pas l'avis d'Anthony qui est fasciné par ce corps si souvent proche, qui le séduit tout autant à 14, 16 ou 18 ans. Quand il touche enfin ses cuisses, Stéphanie lui reproche de jouer avec sa graisse, surtout qu'elle a dix kilos en trop ; pour le garçon, c'est de la découverte émerveillée.

De la même manière, Hélène se replonge dans ses souvenirs et se rappelle mener la danse. Pourtant, quand Patrick se souvient à son tour de leurs débuts, il se rappelle qu'elle n'était pas tant la reine du bal, qu'elle n'était pas la plus belle ou la plus intelligente. Elle avait toutefois une sensualité folle et il est soulagé que les années de travail la vieillissent et l'affaissent. Si Anthony se trouve trop massif, une remarque évocatrice de Stéphanie quelques années plus tard laisse entendre qu'il a changé. Vanessa aussi lui trouve un charme, même si elle veut le trouver laid.

ÉTUDE DES PERSONNAGES

ANTHONY CASATI

Anthony a 14 ans quand le roman commence. Il a des taches de rousseur sur le visage et sur le dos, et un œil « paresseux », c'est-à-dire que sa paupière est mi-close et rend son visage asymétrique. Il est en pleine adolescence : boutons d'acné sur le visage, poussées de croissance, appétit vorace, etc. Son corps grandit et Anthony ne l'a pas pleinement adopté. Il se trouve trop massif et envie son cousin, de deux ans son ainé, qui est fin et musclé et qui a plus de succès auprès des filles. Sa carrure en impose néanmoins suffisamment pour se faire respecter.

Il est en rébellion contre sa famille, trop normale à son gout, et qui à son avis ne comprend rien. Anthony rêve de quitter sa ville natale aussi vite que possible. Il est tête brulée et meuble son désœuvrement avec des petits cambriolages, de la fumette, des cuites. Il n'a pas bonne réputation et son caractère violent lui vaut d'être expulsé de son lycée après avoir cassé le bras d'un élève de sixième. Il fait aussi beaucoup de moto. Il a ça dans le sang et apprécie la vitesse et l'adrénaline. À 16 ans en revanche, il s'assagit et n'a plus le gout du danger. Avec la moto, il trouve le plaisir de la perfection du geste, la beauté de l'adresse.

Après un accident dans l'armée alors qu'il est à peine enrôlé, il revient à Heillange et gagne la masse des intérimaires. Il finit par observer le rythme de vie dont il voulait absolument se défaire quatre ans auparavant : une vie monotone, sans grande dimension, des achats à crédit... Les rêves se sont envolés.

HÉLÈNE ET PATRICK CASATI

Les parents d'Anthony sont mariés au début du livre. Ils ont vécu une période assez difficile et ont été suivis par une assistante sociale pendant un temps. Ils se séparent néanmoins au cours du récit.

Grande et mince, Hélène a eu beaucoup de succès auprès de la gent masculine lors de sa jeunesse. Elle avait « le plus beau cul d'Heillange ». Un surnom en est né : « la salope ». On l'appelle encore comme ça dans les années 1990, mais beaucoup moins souvent. Son pouvoir de séduction lui permet de sortir des rôles traditionnels où sont cantonnées les femmes de son époque, ce qui lui attire quelques foudres. Elle est vue comme une menace. La liberté et le plaisir dont elle ne se prive pas lui permettent de se sentir vivante, malgré le qu'en-dira-t-on.

Patrick est décrit comme un brave type dans le fond, mais dont les colères épisodiques sont terribles. Hélène et Anthony fuient parfois se réfugier chez Irène, la sœur d'Hélène. Il se rend compte de ses accès et en a honte, mais est incapable de formuler des excuses. Il essaie toujours de se racheter en rendant service. Après avoir été licencié de son entreprise, il se débrouille pour trouver des petits boulots de bricolage ou d'entretien de jardin payés au black. Comme réveillé d'un endormissement de vingt ans pendant la procédure de divorce, il diminue radicalement sa consommation d'alcool. L'argent qu'il économise ce faisant est mis de côté pour payer un voyage à son ex-femme.

STÉPHANIE CHAUSSOY

Stéphanie est d'abord décrite quand Anthony la rencontre. Elle sent bon, elle est jeune, et ses cheveux sont magnifiques. Elle porte une queue de cheval caractéristique qu'elle garde au fil des ans. Elle fascine le jeune garçon avec sa poitrine et ses fesses, des attributs dont elle jouera pour aguicher Anthony.

Petit à petit, Stéphanie se rend compte de l'écart entre Clémence et elle : l'une s'est entrainée depuis toute petite, l'autre se rend compte tardivement qu'elle doit beaucoup travailler si elle veut s'en sortir dans son cursus. Elle souhaite surtout sortir du traintrain quotidien dont se satisfont ses parents, mais qui l'écœure. Néanmoins, Stéphanie s'acharne et étudie d'arrachepied, en comprenant que la fac lui laisserait trop de mou et qu'il lui faut une prépa qui cadre. Elle est en fin de compte celle qui réussit le mieux.

CLÉMENCE DURUPT

Stéphanie passe son temps avec Clémence Durupt, et la beauté de l'une complète celle de l'autre. De loin, on les confondrait. « Clem » a la réputation d'être téméraire et de coucher. Elle n'apprécie pas pour autant que l'on sache qu'elle couche avec des « cassos ». Malgré ses airs

de racaille et son insolence, elle vient d'une famille de
« bourges ». Derrière son détachement de façade, elle
obtient d'excellentes notes en classe. Poussée par sa
famille, elle prépare son avenir depuis le début de l'école.
Elle connait déjà les figures imposées pour passer en
classe préparatoire et bénéficie de la « rampe de lancement » que lui envie Steph.

HACINE BOUALI

En 1992, Hacine a 17 ans, un début de moustache et une
silhouette filiforme. Malgré sa maigreur, il est vu comme
dangereux. Il est aussi bagarreur et voleur. C'est lui qui
vole la moto qu'Anthony a empruntée (sans permission)
à son père et qui la rapporte devant la maison des Casati
avant d'y mettre le feu. Son père Malek puis Patrick lui-
même le lui feront payer à coups de poing.

Il décide quelques années plus tard d'établir un réseau
de trafic de drogue, qu'il achemine du Maroc en voiture
par centaines de kilos. Il aime la vitesse et défie les
radars sur les autoroutes, avant d'y perdre gout. Il garde
néanmoins l'ambition de s'enrichir toujours plus, sans
savoir exactement pourquoi, sinon comme poussé par un
sentiment de revanche. Même après avoir eu une fille, il
n'arrive pas à trouver sa place. Il se contente du minimum
pour s'occuper d'elle et Coralie, sa compagne, finit par lui
poser un ultimatum.

MALEK BOUALI

Le père de Hacine est arrivé du Maroc avec sa femme, Rania, pour trouver du travail. Après la fermeture des industries, il se contente de son HLM et de toucher son chômage. Avec les indemnités de licenciement, il fait construire une maison au pays, où Rania est déjà partie. En attendant, il reste à Heillange. Malek est un homme dur et strict, qui n'hésite pas à violemment corriger son fils quand il apprend le vol.

Le vieil homme est usé par son travail d'ouvrier et garde au fond de lui une rancœur pour la hiérarchie sociale qui l'a toujours placé en bas de l'échelle. Même promu, il restait un étranger, un « bicot ».

VANESSA LÉONARD

La jeune fille est au départ une amie de la cousine d'Anthony. Si elle a enchainé les soirées fut un temps, elle a un jour décidé d'arrêter pour se consacrer à ses études et sortir à tout prix de la vallée. Elle s'astreint à un rythme soutenu et ne se permet pas d'écart. Elle se rend compte qu'autrement, elle reproduira le modèle familial : se satisfaire d'une existence terne en étant moyennement heureuse. Comme elle est jeune, elle ne perçoit que la réalité externe, sans prendre en compte la noblesse des sacrifices et la pugnacité nécessaire pour tenir un foyer au quotidien, se permettre les vacances annuelles à Sanary et assurer les études des enfants. Avec Anthony, pour une fois, elle lâche prise et le laisse battre la mesure lors de leurs ébats, pourvu qu'il soit un peu rude.

CONTEXTE HISTORIQUE

Avec la libéralisation de l'économie dans les années 1970, les marchés mondiaux s'ouvrent à l'industrie française. L'essor se confirme avec la spécialisation des régions, et des pôles apparaissent : aéronautique, métallurgie, sidérurgie, etc. Mais l'activité française baisse rapidement. Les machines sur lesquelles l'industrie repose ont été modernisées depuis la révolution industrielle, mais restent trop vétustes. En parallèle, le modèle économique change, et l'industrie française est jugée incapable de s'adapter rapidement, du fait de sa trop grande spécialisation. Entre tertiarisation du marché, délocalisation et désindustrialisation, c'est en tout 1,9 million de salariés qui perdent leur emploi entre 1980 et 2007.

C'est sur ce contexte historique que Nicolas Mathieu bâtit son récit. Sans être accusateur, il dépeint la réalité parfois blafarde du manque de perspectives des jeunes. Il montre que si la culture est une arme pour dépasser les conditions de la reproduction sociale, l'afficher comme une règle générale est une illusion au mieux, mais parfois aussi, un mensonge politique. Son œuvre s'emploie à faire tomber les masques : « la littérature doit être une désillusion », explique-t-il en entrevue sur France Culture (*Répliques*, 22/12/18). S'il a démontré par son parcours qu'on pouvait s'élever au-dessus de ses conditions d'origine, il veut faire comprendre qu'il est un cas particulier, qu'il ne représente pas la majorité. Et ce faisant, que la méritocratie est une idée tronquée, un cache-misère. Ses personnages ne manquent pas de rêves, que ce soit s'installer à Paris, devenir riche pour quitter la vallée pour de bon, ou encore tout simplement ne pas reproduire le modèle familial où l'on est « licencié, divorcé, cocu ou cancéreux » (p. 18). Anthony s'imagine que la vie doit bien ressembler à quelque chose en Californie. Pour autant, il ne trouve pas les moyens de véritablement s'affranchir du carcan social où il est né. Pour Stéphanie, c'est presque accidentel : parce que son père a des aspirations sociales presque soudaines, il lui réclame une mention au bac, sinon elle n'aura pas sa voiture. Alors la jeune fille travaille et elle y trouve une vraie vertu. Elle finit par se découvrir douée en mathématiques en particulier, et à véritablement s'élever au-dessus de sa condition. Mais elle s'est aussi rendu compte que, contrairement à son amie d'enfance, elle n'avait pas étudié jusqu'à ce que son père la menace. Sans cette préparation dès les classes primaires, elle est consciente qu'il lui manque une « rampe de lancement », un constat encore douloureux en classe préparatoire parisienne. De vraies différences sociales se voient.

Cette différence sociale que l'auteur dessine rend hommage « aux vies qui commencent dans un monde qui finit » (*Répliques, France Culture*, 22/12/18) et veut montrer qu'il ne s'agit pas de vouloir pour y arriver. Il s'agit aussi de savoir d'où l'on part, avec quels bagages, de quelles aides l'on bénéficiera. Comment alors soutenir que l'égalité des chances existe véritablement ?

L'ouvrage, en définitive, parle moins de désindustrialisation que de ses retombées sociales dramatiques. On ne parle pas de mondialisation, le mot lui-même n'apparait qu'une fois ou deux dans le livre. On ne parle pas non plus exactement de délocalisation. La tragédie se joue dans le quotidien de ces personnages qui cherchent simplement à s'en sortir.

LE ROMAN SOCIAL, SOURCE D'INFORMATION POUR LA DISCIPLINE HISTORIQUE

Le roman social, quelle que soit l'époque qu'il narre, est empreint d'historicité. On pourrait estimer que c'est le cas de tout roman, et ce ne serait pas tout à fait faux, mais la particularité du roman social est d'intéresser autant les historiens, les littéraires, les sociologues et même les anthropologues.

Pour les chercheurs, il existe plusieurs types de sources :

– les sources réelles, comme les registres des mairies, par exemple ;

– les sources romancées, comme les romans contemporains à l'époque qu'ils déroulent ;

– les sources de for privé, comme les journaux intimes.

Les romans sociaux permettent donc de renseigner directement l'historien sur les considérations de l'auteur pour son époque. Ainsi, le rêve des historiens modernistes serait de faire étudier l'histoire moderne à travers les *Fables* de Jean de La Fontaine, et pourquoi pas la révolution industrielle britannique à travers l'œuvre de l'écrivain Charles Dickens. Ce sont des sources majeures codifiées, c'est pourquoi le scientifique veille à les décoder selon le contexte d'écriture, l'auteur et le message qu'il veut transmettre. Ces récits reflètent leur temps, c'est-à-dire ce qui existe au moment de l'écriture, ce qui a donc existé avant nous, et offrent en même temps une certaine grille de lecture, soit l'orientation donnée par l'auteur, un prisme qui ne sera jamais parfaitement objectif. L'ouvrage de Nicolas Mathieu, par exemple, n'offre guère de changement de paysage à ses personnages. La culture par le tourisme n'est pas une perspective heureuse, même si pour les politiques, c'est une chance à saisir. Mathieu ne semble pas nourrir d'espoir pour une réelle amélioration des conditions du bassin ouvrier. Il offre cependant au lecteur une vision aussi réaliste que possible de ce désenchantement lorrain et s'attache à raconter la vie du « petit peuple » plutôt que de modèles héroïques. Ainsi, on n'oublie pas ces petites figures du quotidien des années 1990 – et sans doute des années suivantes, comme le laisse entendre le titre.

À la différence du roman historique, les romans sociaux n'ont pas nécessairement pour prétention de narrer l'Histoire sans omettre les répercussions d'une crise économique ou d'une politique particulière. Mathieu, par exemple, parle à peine du pouvoir en place. Des arrangements sont pris par l'auteur pour présenter *son* histoire. C'est pourquoi il est nécessaire de considérer l'ensemble des œuvres publiées à un moment donné pour se représenter plus amplement le social de ce moment précis. À partir de là, la notion de « roman mémoriel » émerge. L'expression vient de Régine Robin, historienne et sociologue, et veut se rattacher à l'histoire de l'imaginaire social. Il n'est pas question de prendre ce que dit un livre sur le social comme vérité unique et transparente. Il faut plutôt en tirer les questions que posent le livre et son auteur sur le social qu'il décrit. Avec *Leurs enfants après eux*, les historiens futurs pourront saisir l'atmosphère des années 1990. L'atmosphère si particulière de la demi-finale de la Coupe du Monde y occupe une place de choix, puisqu'un été entier se déroule avec cette ambiance en toile de fond. Les ennemis qu'étaient Hacine et Anthony se rapprochent autour des matchs joués par l'Équipe de France.

<u>Le saviez-vous ?</u>

Le roman n'est pas l'unique forme de source littéraire à caractère social. Ainsi, le théâtre romantique est aussi reconnu pour certains caractères sociaux, étudiés par les chercheurs, comme le professeur canadien David-Owen Evans, auteur de l'ouvrage *Social Romanticism in France, 1830-1848*.

« L'histoire sociale ne s'intéresse plus à la société comme si elle avait une existence propre, extérieure aux règles de droit qui la façonnent, mais elle s'efforce de penser ces interactions » (Jarrige 2012 : 77). Ce constat est aussi applicable à la littérature aujourd'hui : on peut observer dans *Leurs enfants après eux* l'importance des jeux de regards, ou plutôt la complémentarité d'un regard par rapport à l'autre pour obtenir une représentation plus objective des faits ou des caractères. Ce n'est pas l'histoire d'un personnage par opposition à un autre : c'est l'histoire de son évolution, et de ceux qu'il connait, en eaux parfois troubles. À partir de la fresque de visages, le décor se pose progressivement en arrière-plan, sans que tout doive être nommé sentencieusement. Et l'histoire sociale fonctionne de même, toujours d'après l'historien François Jarrige : « elle est mue par une ambition totale, visant à restituer l'ensemble des champs d'expériences, y compris donc les représentations et motifs culturels qui font agir certains groupes ».

LE SOUCI DE LA LANGUE, DANS LA TRADITION NATURALISTE ?

Nicolas Mathieu l'a dit à de nombreuses reprises en entrevues : en écrivant ce livre, il a eu le souci de la langue authentique. Ce faisant, il rejoint le courant des écrivains qui veulent donner à penser en donnant à voir, parmi lesquels se trouvent les grandes figures naturalistes d'Émile Zola et de Gustave Flaubert. Zola avait pour ambition de décrire le peuple tel qu'il était, « avec ses ordures, sa vie lâchée, son langage grossier ». C'est ainsi qu'il comptait faire voir la racine des maux de ses personnages. D'après lui, les misères intellectuelles et culturelles viennent avant tout et surtout du mode de vie ouvrier et de leurs durs travaux (Grignon 1988). Mathieu, lui, s'inscrit dans une recherche de réalisme également.

Il s'agit de ne pas trahir ses personnages, or un adolescent de 14 ans ne s'exprime pas comme un adulte.

L'adoption de termes argotiques ou familiers n'est pas née avec le naturalisme. Au contraire, c'est une pratique qui nait presque en même temps que le roman du XIXe siècle. Avant son roman-feuilleton *Les Mystères de Paris*, Eugène Sue introduisait de l'argot par le biais de ses personnages. Par exemple, le Chourineur n'y jeûne pas, il « fait la tortue ». Toutefois, le registre était confiné aux propos rapportés en discours direct. Avec Flaubert, l'utilisation de mots plus familiers, voire grossiers, se propage aussi dans le corps du texte, dans le récit même, avec le discours indirect libre. Zola suit ses pas et s'efforce d'aller encore plus loin. L'auteur se permet ainsi de semer le trouble entre propos du narrateur, propos de l'auteur et propos du personnage. Il « chahute le lecteur cultivé » et le force à lire, voir et enfin « parler peuple » (Grignon 1988) et donc à lui faire ressentir les mêmes impressions.

En deuxième moitié du XXe siècle, le roman adopte plus largement la focalisation interne et la narration autodiégétique plutôt qu'un narrateur omniscient au degré zéro. Avec l'évolution des formes de narration depuis deux siècles, le critique littéraire américain Wayne C. Booth estime qu'il faut choisir son ton et sa focalisation en fonction de l'effet recherché plutôt que selon une appartenance à telle ou telle école formelle aux valeurs arrêtées.

Fidèle à ses intentions affichées, Mathieu adopte donc un style indirect libre presque constant dans *Leurs enfants après eux*, à quelques interventions près. Par exemple quand il décrit les pensées de Vanessa et le dégout qu'elle ressent pour la vie dont se satisfont ses parents, le narrateur tempère la vision adolescente. Il lui concède que sa jeunesse et son impétuosité ne connaissent pas l'envers du décor pour les adultes : les sacrifices, la vertu des petites choses comme les tâches ménagères, sans aucune reconnaissance de la part de l'enfant.

Certains critiques ont parlé de roman *hyperréaliste* pour qualifier l'ouvrage. Comme le fait observer Maude Labelle, désormais éditrice et traductrice, dans son mémoire de maitrise, le roman contemporain pratique l'art de la distanciation. La réalité n'est que représentée dans le roman, à travers des intermédiaires, comme la musique ou les faits divers. Justement chez Mathieu, les quatre parties sont introduites par une chanson ou un fait divers de l'époque : Nirvana, la mention du petit Grégory, la Coupe du Monde... mais aussi des faits divers intradiégétiques comme les descentes de police et la noyade d'un garçon.

L'hyperréalisme est conscient des limites de la représentation et en joue avec différentes figures de style. Chez Mathieu, on relève en particulier les ellipses et la fragmentation narrative. Les premières structurent le récit, puisque ce sont des étés séparés de deux ans qui sont racontés. La fragmentation, en revanche, n'est pas aussi apparente : la narration s'attache à un personnage puis change sans nécessairement introduire de coupure, comme le serait un changement de chapitre ou un astérisme. La représentation du réel en est forcément incomplète ; en attirant l'attention sur ces écueils, l'auteur hyperréaliste souligne « les failles intimes et sociales que véhiculent les faits divers » (Labelle 2009, p.74). Avec Nicolas Mathieu et ses contemporains, on assiste donc à une nouvelle forme du roman social.

PISTES DE RÉFLEXION

QUELQUES QUESTIONS
POUR APPROFONDIR SA RÉFLEXION...

- Le roman social est l'outil privilégié pour investiguer la réalité. Il a connu une évolution au cours de ses derniers siècles : le romantisme d'abord avec Stendhal, le naturalisme avec Zola, l'aspect plus psychologique de Proust... En quoi l'écriture de Nicolas Mathieu se distingue-t-elle de celle de ses prédécesseurs ? Pourrait-on parler de nouveau jalon dans cette évolution ?

- En quoi ce roman est-il bien ancré dans le milieu géographique et l'époque historique qu'il décrit ? Quels sont les procédés qui le permettraient ?

- Comment le découpage du récit s'inscrit-il dans la lignée des romans-feuilletons à la Alexandre Dumas ou Eugène Sue ?

- La couverture (édition Babel 2018) et l'épigraphe sont les premiers éléments que l'on connait du livre. En quoi préfigurent-ils le contenu ? Les dernières lignes contiennent-elles des éléments qui contredisent cette impression ?

- Analysez en quoi le vocabulaire permet ou non l'immersion du lecteur dans la conscience des personnages.

- La focalisation du récit en général est particulière. En quoi contribue-t-elle ou non à la relation de confiance avec le lecteur ?

- Avec la nouvelle adaptation sur écran de *Germinal* (Zola) en tête, pourrait-on dire que le roman social est actuel ou du moins pertinent, quelle que soit l'époque historique qu'il décrit ?

- En quoi pourrait-on dire que plus que social, ce roman est aussi politique ?

POUR ALLER PLUS LOIN

ÉDITION DE RÉFÉRENCE

- Mathieu N., *Leurs enfants après eux*, Paris, Babel, n° 1705, 2020.

ÉTUDES DE RÉFÉRENCE

- Bouchet T., « Présences de la littérature en histoire sociale à propos de Balzac, de Flaubert, de Hugo », *Le Mouvement Social*, Vol. 200 (n° 3), 2002 : pp. 91-99.

- Dautry J., « Romantisme social Annales ». *Économies, sociétés, civilisations*, Vol. 4, 1952 : pp. 521-524.

- Grignon C., « Écriture littéraire et écriture sociologique : du roman de mœurs à la sociologie des goûts ». *Littérature*, n° 70. Médiations du social, recherches actuelles, 1988 : pp. 24-39.

- Jarrige F., « Discontinue et fragmentée ? Un état des lieux de l'histoire sociale de la France contemporaine ». *Histoire, économie & société*, Vol. 31, 2012 : p. 45-59. https://doi.org/10.3917/hes.122.0045

- Labelle M., *Une esthétique hyperréaliste en littérature ? : narrativité picturale et langage visuel dans l'œuvre romanesque de Suzanne Jacob (1991-2005)*. Mémoire de Maîtrise, 2009.

- MICHON J., « Fonctions et historicité des formes romanesques ». *Études littéraires*, Vol. 14 (n° 1), 1981 : pp. 61-79.

- ROBIN R., « De la sociologie de la littérature à la sociologie de l'écriture : le projet sociocritique ». *Littérature*, n° 70. Médiations du social, recherches actuelles, 1988 : pp. 99-109.

SOURCES COMPLÉMENTAIRES

- FINKELKRAUT A (réalisateur). France Culture, *Répliques*, 22 décembre 2018. URL : https://www.franceculture.fr/emissions/repliques/nicolas-mathieu-et-maria-pourchet

- LESTAVEL F. (2018, 18 novembre). « Nicolas Mathieu : Les grandes désillusions », in ParisMatch.com. URL : https://www.parismatch.com/Culture/Livres/Nicolas-Mathieu-Les-grandes-desillusions-1588673

- MAKHLOUF G. (2018, 23 décembre). « Nicolas Mathieu : "Écrire, c'est faire la guerre au monde." », in L'Orient-Le Jour. URL : https://www.lorientlejour.com/article/1149707/nicolas-mathieu-ecrire-cest-faire-la-guerre-au-monde-.html

- « Nicolas Mathieu en proie à l'effroyable douceur d'appartenir. » (2018, 8 novembre), in La République des livres. URL : https://larepubliquedeslivres.com/nicolas-mathieu-en-proie-leffroyable-douceur-dap-partenir/

- « Le roman social. » (2003, 1ᵉʳ juillet), in Alternatives Economiques. URL : https://www.alternatives-econo-miques.fr/roman-social/00027216

ADAPTATIONS

- *Leurs enfants après eux*, Théâtre du Peuple, Bussang, mise en scène par Simon Delétang (2021).

Votre avis nous intéresse !
Laissez un commentaire sur le site de votre librairie en ligne
et partagez vos coups de cœur sur les réseaux sociaux !

lePetitLittéraire.fr

- un résumé complet de l'intrigue ;
- une étude des personnages principaux ;
- une analyse des thématiques principales ;
- une dizaine de pistes de réflexion.

Retrouvez
notre offre complète sur
lePetitLittéraire.fr

www.lepetitlitteraire.fr

ISBN version numérique : 9782808024518
ISBN version papier : 9782808024525
Dépôt légal : D/2021/12603/66

Conception numérique : Primento,
le partenaire numérique des éditeurs.